Heinz Pahl
Jest nadzieja - Jezus Chrystus żyje

*Dla Franciszki
i dzieci*

Heinz Pahl

Jest Nadzieja

-

Jezus Chrystus żyje

Informacja bibliograficzna niemieckiej Biblioteki Narodowej
Niemiecka Biblioteka Narodowa rejestruje niniejszą publikację w niemieckiej Bibliografii Narodowej; szczegółowe dane bibliograficzne dostępne są na http://dnb.d-nb.de

2. wydanie rozszerzone
Tytuł oryginału:
Da ist Hoffnung – Jesus Christus lebt

Tłumaczenie z niemieckiego:
Bartosz Głowacz

Teksty tłumaczenia Biblii:
Biblia Tysiąclecia
(Wydawnictwo Pallottinum, Poznań 2003)

Produkcja i publikacja:
Books on Demand GmbH, Norderstedt

Biblijne ilustracje zostały stworzone przez francuskiego grafika, malarza i rzeźbiarza
Gustave Doré (1832-1883).
i zostały pobrane z książki
„Gustave Doré: DIE HEILIGE SCHRIFT "
(Wydawnictwo Ebeling, Wiesbaden 1977).
Teksty tłumaczenia Biblii w oryginalnym tekście
„Hoffnung für alle"
(Wydawnictwo Brunnen, Basel 1996).

ISBN 9 783842 382596

Spis treści:

1. Boże Narodzenie   S.   9
2. Wielki Piątek   S. 23
3. Wielkanoc   S. 41
4. Wniebowstąpienie   S. 52
5. Zielone Świątki   S. 62
6. Modlitwa ludzi szukających   S. 68
7. Bóg Wszechmogący   S. 69
8. Jezus nie żyje w nienawiści   S. 70
9. Pan mój i Bóg mój   S. 71
10. Po drugiej stronie granicy   S. 72
11. Po tamtej stronie świata   S. 73
12. Ojciec, Syn i Duch Święty   S. 74
13. Co zostanie?   S. 75
14. Wyznanie Wiary Apostolskiej   S. 76
15. Credo nicejsko
    -konstantynopolitańskie   S. 77
16. Skróty ksiąg biblijnych   S. 79
17. Biografia   S. 80

Czyż każda ze stron
i każde Boże świadectwo
w Starym i Nowym Testamencie
nie jest dokładnym drogowskazem
dla ludzkiego życia?

z: Reguł św. Benedykta. Kolonia 1980. S. 330

Jezus Chrystus - wczoraj i dziś,
ten sam także na wieki.

Hbr 13,8

WPROWADZENIE

W wieku trzydziestu lat podjąłem "najlepszą decyzję w moim życiu", zawierzyłem Jezusowi Chrystusowi. Fundament ten dawał mi raz za razem wsparcie i siłę. Treść książki ma być wsparciem do poznania Jezusa Chrystusa dla wątpiących, poszukujących i pytających. Ta lektura nie jest podręcznikiem, a jednak jest pełna prawdy; nie masą suchych faktów, ale żywych opisów osoby Jezusa w jego narodzinach, za życia i śmierci, jego zmartwychwstania i wniebowstąpienia. Boży Duch Święty pomaga także dzisiaj, w wierze i doświadczaniu Jezusa.

Autor

1.

BOŻE NARODZENIE

W środku historii ludzkości, Bóg daje swego Syna Jezusa Chrystusa. Już wiele wieków wcześniej zapowiadanego przez proroków. Z urodzenia Żyd. Gorąco upragniony przez lud Izraela, przyszedł na ten świat i nie został przez niego rozpoznany.

Jezus Chrystus: Zbawiciel, Odkupiciel, posłany przez Boga jako Jedyny Syn, ponad wszelkie słabości ludzkie, był bez grzechu - właściwie Boży Syn. Prawdziwy Bóg i prawdziwy człowiek. Jako Żyd wśród Żydów, urodził się. *..On bowiem zbawi swój lud od jego grzechów. (Mt 1,21)*

Jego pojawienie się nie było powiązane z żadnym dużym wydarzeniem. Przybył niepostrzeżenie. Urodził się na skraju Betlejem. Zamierzone przez Boga, poczęty przez Ducha Świętego, rzeczywistość, która wykracza daleko poza ludzkie pojmowanie i rozumienie.

Przez Jezusa Chrystusa i Ducha Świętego, Bóg stał się dla ludzi rzeczywistym i zrozumiałym. Bóg zbliżył się do ludzi. On wyciąga rękę do tych, którzy Go szukają i staje się ich ojcem, który traktuje ich jak swoje dzieci. Przez Jezusa Chrystusa Jego miłość staje się ludzka. Bóg przyszedł do ludzi.

Wszystko rozpoczęło się w okolicach Betlejem. W stajni, która była dobra dla krów, osłów i owiec. Czy również dla Syna Bożego?

Z ludzkiego punktu widzenia, w dość nędznym miejscu przyszedł na świat człowiek, który miał być rozpoznany jako Syn Boży i Król żydowski.

Pierwsze osoby, które doświadczyły natychmiastowej reakcji na to wydarzenie, nie należały do najlepszych środowisk. To byli pasterze na polach.

Boże światło ich oświeciło, a do wystraszonych, Anioł Pański mówił słowa pocieszenia, otuchy i nadziei. Radość dla wszystkich ludzi. *„Nie bójcie się! Oto zwiastuję wam radość wielką, która będzie udziałem całego narodu, dziś w mieście Dawida narodził się wam Zbawiciel, którym jest Mesjasz, Pan.“ (Łk 2,10.11)*

Wątpliwości co do anielskiego komunikatu? Nie, przyjęli go bezkrytycznie. Szykują się do drogi. Teraz chcą zobaczyć to o czym usłyszeli. Działali nie zastanawiając się, z dziecięcą wiarą. Nieuprzedzeni. Usłyszeli, poszli, zobaczyli. Ku chwale Boga głosili to, co zobaczyli i przeżyli. Maryja, Matka Jezusa, wzięła wszystkie te słowa do serca i rozważała je w swoim wnętrzu. Co za przeżycie!

Przynieść na świat dziecko w bólu, w zimnej i brudnej stajni. Matka wie, że jest to Syn Boży. Następnie przyszła obdarta, pachnąca owcami grupa. Nadprzyrodzone wydarzenie zostało poprzedzone: Światło w ciemności, anioł i przesłanie – Pan jest obecny – Bóg jest bardzo blisko!

Pasterze znaleźli Maryję, Józefa i dzieciątko. Leżało w żłobie. To, co usłyszeli na polu, zobaczyli na własne oczy. Dziś narodził się wam zbawiciel. Chrystus Pan, namaszczony na króla. Nie tylko pasterze byli świadkami tego wydarzenia. Trzej mędrcy, badający gwiazdy, już wcześniej coś odkryli.

Wielką świecącą gwiazdą. Która zapowiedziała im przybycie nowego króla. Podążali za tą gwiazdą. Ona prowadziła ich ze wschodu do Betlejem. Światło w ciemnościach. Światło *nowego króla*. Przyprowadziło ono obcych do żydowskiego kraju.

Naturalnie poszli do Heroda; przecież był on panującym królem. On nie wiedział nic o narodzinach *nowego króla*. Ale przestraszył się. Od tej pory, jego dążeniem było, zabić nowonarodzone dziecko. Serce pełne zawiści i zazdrości doprowadziło go do brutalnych morderstw dzieci. Ale tym Herod nie mógł pokonać Światła świecącego w ciemnościach.

Ciemność została pokonana przez Światłość. Jezus Chrystus jest tą Światłością. On, Boży Syn, może o sobie powiedzieć: *„Ja jestem Światłością świata.“* *(J 8,12)*

Światło, które przyszło na świat wraz z Jezusem Chrystusem, rozprasza ciemność i wyprowadza z mroku. Dotyczy to każdego, kto podąża za tym Światłem..
Jezus Chrystus przybył, by odnaleźć i uratować to co utracone. Przybył na ten świat jako żywa nadzieja.

Wrogie siły, mogą próbować zniszczyć tę nadzieję. Szatan realizuje ten cel. On jest przeciwnikiem, wrogiem Boga, który może przynieść tylko cierpienie i zniszczenie.

Jednak Jezus Chrystus przynosi życie i nadzieję. Prowadzi przez ciemności do Światła. Prowadzi do celu, tak jak Boży Duch Święty poprzez nadprzyrodzone działanie, przyprowadził do Jezusa pasterzy albo też *mędrców ze wschodu.*

Ci, którzy przyjmują Jezusa Chrystusa, przyjmują Boga. Bóg staje się Ojcem. Wierzący człowiek staje się dzieckiem. Urodzonym przez Jezusa Chrystusa – Syna Bożego. On daje siłę do przezwyciężenia problemów życiowych. Miłość Boga wzmocni i pocieszy wszelkimi sposobami. Bóg jest dobrym Ojcem. Z miłości szuka On każdego najmniejszego człowieka; ponieważ każdy człowiek jest przez Niego stworzony.

Przez Jezusa Chrystusa, teraz chce podzielić się swoją miłością osobiście. Tak, wciąż jest nadzieja!

Bóg jeden wie, w jakich okolicznościach przyszedł na świat człowiek. Możliwe, że nie były by przez ludzi ani chciany ani oczekiwany. Mimo to Bóg chciał go od samego początku. Zanim powstał świat, on już był. To, że człowiek przyjął swe kształty w łonie matki, dopuścił i sprawił Bóg. Nawet, gdy Boże działanie i plany, często nie są zrozumiałe, taki właśnie jest Bóg, który jest wszystkim we wszystkim i wypowiada ostatnie słowo.

Herod z egoistycznych powodów, dopuścił do zabicia wszystkich dzieci do dwóch lat, w Betlejem i w okolicy, dzięki czemu *nowy król* nie stanowił zagrożenia ani nie mógł go zdetronizować. Dziś wiele dzieci jest zabijanych już w łonie matki. Jaką wartość ma życie ludzkie? W oczach Boga jest bezcenne. Wszystkie skarby świata nie wystarczą, by odzyskać życie ludzkie. On osobiście stał się Odkupicielem, przez Jezusa Chrystusa, swojego jedynego syna.

Jezus przybył na Ziemię jako ludzkie dziecko. Urodził się w rodzinie. To był Boży plan. Józef stał się ojcem Jezusa a Maryja była wybraną przez Boga matką. Z Jezusem, Synem Bożym, powstała cała ludzka rodzina.

Z rodziną Bóg rozpoczął historię ludzkości. Adam i Ewa oraz ich synowie Kain i Abel. Dramat tej rodziny jest znany. Kain zabił swojego brata Abla. Jednak z tą rodziną, w której narodził się Jezus, rozpoczął się nowy rozdział historii ludzkości.

Pasterze i mędrcy ze wschodu przybyli, by czcić Syna Bożego. Dla nich nie było wątpliwości, że to dziecko jest Mesjaszem zapowiadanym na przestrzeni wieków przez proroków, Królem Żydowskim. Okoliczności tych narodzin, odebrali jako naturalne i mądre działanie ostrożnego i kochającego Boga.

Nasz Ojciec Niebieski zna warunki życia każdego człowieka. Dlatego On nie musi być wątpiący i kwestionujący. On zna każdy oddech swoich stworzeń i każdy włos na ich głowie. On zna ich radości i godziny smutku. Każdy może przyjść do Niego, takim jakim jest. Boże działanie charakteryzuje się cierpliwością i miłością. On zna odpowiedzi na nierozwiązane kwestie ludzkiego życia. *„Bóg jest miłością: kto trwa w miłości, trwa w Bogu, a Bóg trwa w nim.”* *(1 J 4,16)* Świecąca gwiazda w nocy. Anioł Pański. Niebiańskie zastępy. Dziecko w żłobie. Widoczne znaki Boże. Znak, że jest prawdziwy i obecny. On jest z człowiekiem. Kto może być przeciw Niemu?

To czego Bóg wciąż pragnie, to być i wnikać w życie każdego człowieka. On daje znaki. Znaki pomocy i nadziei. On chce przekazać swoją dobroć człowiekowi. Szczególnie poprzez Swego Syna.

Dzieci są słabymi istotami ludzkimi. One są zależne od ludzi podejmujących decyzje. Już w łonie matki są uzależnione od tego, czy będzie im powiedziane TAK czy NIE. Nie są w stanie, obronić się przeciwko NIE.

Bóg pozostawia moc podejmowania decyzji matce i ojcu. Oni decydują o TAK lub NIE dla życia. Również wtedy, gdy czasami waga podejmowanej przez matkę i ojca decyzji jest wielka. Ostatecznie od nich zależy, czy dziecko ujrzy światło dzienne, czy też nie.

Każdy człowiek jest chciany przez Boga. On jest stworzeniem, które dzięki Bożej sile rośnie i rozkwita. A jednak to w rękach innego człowieka, leży decyzja o przyjęciu lub odrzuceniu jeszcze nienarodzonego człowieka.

Naturalnie, może być wiele powodów, by zadecydować o odrzuceniu, ale jest przecież nieskończenie wiele powodów dla przyjęcia. Dla życia!

Maryja była pełna radości, że Jezus mógł w niej być i w niej wzrastać. On nabierał w niej kształtów. Bóg wzrastał w niej jako człowiek.

W swej radości śpiewała: *„Wielbi dusza moja Pana, i raduje się duch mój w Bogu, moim Zbawcy"* *(Łk 1,46.47)*

Jej całe jestestwo dostrojone było do wzrastającego w niej życia. Bóg wybrał ją jako naczynie, w którym życie mogło przyjąć formę żywą. Jezus Chrystus jest życiem. On sam może o sobie powiedzieć: *„Ja jestem drogą i prawdą, i życiem. Nikt nie przychodzi do Ojca inaczej jak tylko przeze Mnie"* *(J 14,6)*

Poprzez TAK Maryi do Boga, Jezus był gotowy do przyjścia na ten świat. Bóg jest dla życia. Każde TAK dla życia jest równe TAK dla Boga. Bóg jest życiem.

Historia ludzkości rozpoczęła się od Adama i Ewy. Ewa została uwiedziona przez szatana pod postacią węża. Insynuacje diabła przyniosły mu sukces. Ona zadziałała przeciw Bogu, w chwili gdy zerwała owoc z drzewa prawdy i poznania. Adam i Ewa razem zjedli ten owoc i przez to stracili raj a z nim bezpośrednią bliskość z Bogiem.

Swych pierwszych synów nazwali Kain i Abel. Kain był zazdrosny i zawistny o swojego brata Abla; albowiem Bóg umiłował bardziej młodszego brata. Kain nie mógł tego znieść i zabił swojego brata. Jak wiele bólu było w pierwszej rodzinie ludzkości.

Utracony raj i zabity brat. W obu przypadkach człowiek sprzeciwił się swojemu stwórcy. Ten ból przebiega niczym czerwona nić z wszystkimi swoimi konsekwencjami przez całą historię ludzkości.

Ale w jej środku jest jeszcze inna rodzina. W której to Bóg umieścił nadzieje całego świata. Spotkamy ją w stajni koło Betlejem: Maryja i Józef i – Syn Boży – Jezus Chrystus.

W ten sposób dwukrotnie Bóg chce powiedzieć ludziom: On chce rodziny. Nieważne w jakich warunkach życia znajduje się rodzina. Bóg jest dla tej rodziny. Ona jest dla Niego chcianą wspólnotą. W niej chce zająć pierwsze miejsce, tak by mógł ją błogosławić i chronić.

Tam, gdzie ojciec, matka i dzieci żyją razem, tam Bóg chce być między nimi. Jako żywa rzeczywistość. On chce być częścią potrzeb tej społeczności. On chce być z tą rodziną, jako ich doradca i pomocnik.

Bóg stał się człowiekiem. On przyszedł w ludzkiej słabości na ten świat, jako nowonarodzone dziecię. Potrzebujący pomocy i bezbronny. Niewyobrażalne. A jednak tak było. Jezus uzyskał schronienie w rodzinie, w której się narodził. Ta rodzina stanowiła punkt wyjścia Jego ludzkich i boskich działań. Przez drogę przebytą w tej rodzinie dotarł do ludzi na świecie.

Stąd rozpoczął swoją posługę w mocy Ducha Świętego.

Oprócz krzyża, celem Boga żywego, jest doprowadzić każdą najmniejszą jednostkę do bliskich stosunków z Jego Synem.

Reprezentuje ona najściślejszy związek, który wykracza daleko poza granice rodziny i człowieka. Bóg uzdrawia związki i tworzy zdrowe relacje w związku. Dlatego Jezus Chrystus jest największą szansą dla dzisiejszej rodziny. Przez Niego, nie tylko jest nadzieja dla rodziny, ale również, coraz częściej, dla wspólnoty chrześcijańskiej i dla całej społeczności państwowej.

Jest pewna tajemnica w prowadzonej przez Boga rodzinie. Dlatego jest to bardzo pomocne dla każdego, kto otwiera się na Jezusa Chrystusa.

Każdy, kto jest gotów, osobiście Go przyjąć i zaakceptować, tak by On stanowił centrum życia jego myślenia i działania, doświadczy zmian w swoim życiu. Tak człowiek sam staje się tętniącą życiem wskazówką do Boga. Dla swoich członków rodziny i dla innych ludzi w swym otoczeniu. Jezus Chrystus kocha rodzinę. On kocha ludzi. Chce je uzdrawiać i wzmacniać. Od Adama i Ewy nie ma długiej drogi do Maryi i Józefa.

Adam i Ewa zbuntowali się przeciwko Bogu czego skutkiem było cierpienie i beznadziejność; utracili bezpośrednią bliskość Boga. Maryja i Józef byli dla Boga. Dlatego Bóg mógł stać się człowiekiem pośród nich. Bóg był obecny. Tam były nadzieja, radość i wdzięczność.

Tak oto Bóg poprzez siłę Ducha Świętego, urzeczywistnia się w człowieku – i życiu rodzinnym. Ale człowiek sam musi dokonać wstępu. Jan Chrzciciel powiedział: *„Ja chrzciłem was wodą, On zaś chrzcić was będzie Duchem Świętym "* *(Mk 1,8)* Przez nadejście Jezusa, na ten świat przyszła również nadzieja i siła.

Ważne jest, by z dziecięcą ufnością przyjąć i uwierzyć w tę nadzieję i siłę. Tylko tak jest ona osiągalna. Przez Jezusa Chrystusa więcej niż tylko uleczanie rodzin stało się możliwe.

Jest wielu ludzi, którzy nigdy w życiu nie mieli przywileju życia w rodzinie. Nie było im dane, żyć w bezpieczeństwie takiej wspólnoty i być szczęśliwym. Albo doświadczyli, że rodzina może się rozpaść. Przez cierpienie, które było zadane przez samych ludzi.

A to nowa kobieta pojawiła się w życiu ojca, albo nowy mężczyzna w życiu matki. Ponadto doszedł alkohol, kłótnie i bezrobocie; zadłużenie, brak miłości i nienawiści; nieszczęśliwe dzieci, i ciągły strach przed przyszłością. Szczególnie w tych okolicznościach pasuje to stwierdzenie: Jest nadzieja – Jezus Chrystus żyje!
Gdy Jezus przemawiał w przepełnionym domu, przyszła jego matka i jego bracia, i chcieli z nim porozmawiać.

Ale On zapytał: „Któż jest moją matką i którzy są moimi braćmi? I wyciągnąwszy rękę ku swoim uczniom, rzekł: Oto moja matka i moi bracia. Bo kto pełni wolę Ojca mojego, który jest w niebie, ten Mi jest bratem, siostrą i matką“ (Mt 12,48-50)

W słowach tych zawarta jest druga prawda, którą Bóg chce nam ofiarować. To jest jeszcze ważniejsze, decydujące.

Bóg chce, aby wszyscy wierzący tworzyli rodzinę, która wykracza daleko poza zwykłe ramy rodziny. Jest to rodzina, której członkowie na całym świecie znajdują się: w wspólnotach chrześcijańskich, Kościołach, grupach domowych i w społecznościach. Ludzie ze wszystkich narodów, wszystkich ras i ze wszystkich warstw społecznych. Jak mogą być oni rozpoznani?

Jezus mówi wyraźnie, że są ludzie, którzy wypełniają wolę Ojca w niebie. Należą do niego, do Syna Bożego, i chcą do niego należeć. Tak więc idą za nim. Ojciec Niebieski, który stworzył niebo i ziemię, przez Jezusa Chrystusa i Ducha Świętego, stał się dla nich ich osobistym ojcem. Przez Ducha Świętego, którego wysłał Jezus, następca Ojca, ci wszyscy otrzymają siłę, wsparcie i pocieszenie. Przy jego pomocy przezwyciężą problemy dnia codziennego; ponieważ uczy i prowadzi ich do całej prawdy. *(patrz dopisek J 14,15-26)*

Wyznawcy Chrystusa nie mają mniej problemów niż inni. Ale właśnie przy tych problemach dowiadują się, że Bóg jest z nimi. Bóg, który ich kocha i troszczy się o nich, który w ich najbardziej trudnych godzinach życia, przeprowadza ich przez ciemną dolinę. Nie ma nic w życiu człowieka, czego Bóg, przez Jego przebaczenie i Jego rady, nie może odeprzeć. On chce się w swym miłosierdziu i miłości objawiać człowiekowi - jeśli tylko człowiek tego chce. Tak długo, jak człowiek może oddychać, myśleć i podejmować decyzje, ma on otwarte drzwi, poprzez Jezusa Chrystusa, do Ojca Niebieskiego.

Niektórzy z was mogą pomyśleć: *„Jak dla mnie osobiście, jest to w ogóle możliwe? Taki, jaki jestem, nie mogę przyjść do Boga. Zbyt wiele się stało. Wszystko to, co już się wydarzyło. Przez to Bóg nie jest w stanie mnie zaakceptować. Nie da się. To jest niemożliwe. Takiej osoby jak ja!"*

2.

WIELKI PIĄTEK

Między stajnią w Betlejem a krzyżem na Golgocie są około trzydzieści trzy lata.. Publiczne wystąpienie Jezusa miały miejsce głównie pomiędzy jego trzydziestym a trzydziestym trzecim rokiem życia.

Zanim Jezus zaczął działać z mocą Ducha Świętego, pościł czterdzieści dni i nocy. Potem przyszedł do Niego kusiciel, diabeł, niejako władca tego świata. Pokusy satanistyczne, które mogą również atakować życie ludzkie, miały powstrzymać Jezusa z obranej drogi życia.

Jezus Chrystus wie, co to znaczy, gdy diabeł, oferując dobra tego świata, chce zniszczyć życie ludzkie. On sam tego doświadczył. Dlatego może on współczuć, gdy osoba cierpi przez straszliwą pokusę. *„Panie, zbaw nas od złego!"* Jezus Chrystus może i chce zbawiać od złego. Człowiek może Go zawołać, prosić Go w potrzebie. Bóg wysłucha każdą modlitwę.

Jezus oparł się wszystkim pokusom. On pozostał bez grzechu. Syn Boży pozostawał czysty i święty dla dobra ludu, aby móc wziąć na siebie grzechy świata.

Cierpienia nie oszczędziły Jezusa. Ani pogarda. Ani kpina. Ani tortury. Ani ten straszny, okropny ból przez ukrzyżowanie. Cierpiał niewiarygodnie dużo za grzechy świata. Nawet w jego najcięższej godzinie, człowiek był tym, o kogo się troszczył: *„Ojcze, przebacz im, bo nie wiedzą, co czynią"* *(Łk 23,34)*

On rozumie najgłębsze potrzeby ludzkiego życia. Każde uczucie smutku, rozstania i braku miłości. Każde prześladowanie i okrucieństwo. Każdą pogardę i upokorzenie. On może zejść do najgłębszych zakamarków ludzkiego jestestwa i współcierpieć. Nic się przed Nim nie ukryje. Jezus Chrystus rozumie. On chce pomóc. On ma moc i siłę, by wydostać się z więzienia psychicznego zniewolenia człowieka.

W Nowym Testamencie można przeczytać, że nawet Jan Chrzciciel w pewnym momencie nie był pewien, czy rzeczywiście Jezus jest obiecanym Mesjaszem. Ale Jezus odpowiada mu: *„niewidomi wzrok odzyskują, chromi chodzą, trędowaci doznają oczyszczenia, głusi słyszą, umarli zmartwychwstają, ubogim głosi się Ewangelię A błogosławiony jest ten, kto we Mnie nie zwątpi."* *(Mt 11,5.6)*

Nawet dzisiaj wielu ma wątpliwości, czy Jezus naprawdę jest Synem Bożym. Ale powinni być zachęcani i odważyć się uwierzyć. Bóg jest poznawalny, nawet dzisiaj.

Bóg odpowiada na modlitwy i daje odpowiedź na pytania dotyczące życia. Być może nie zawsze tak, jak to sobie po ludzku człowiek wyobraził. Ale odpowiedzi nigdy nie zabraknie. Jest tylko pytanie, czy człowiek zawsze może przyjąć Bożą odpowiedź?

Najwyższy kapłan w tym czasie jako duchowy autorytet w Izraelu naciskał zniewolonego Jezusa: *„Poprzysięgam Cię na Boga żywego, powiedz nam: Czy Ty jesteś Mesjasz, Syn Boży?“ Jezus mu odpowiedział: „Tak, Ja Nim jestem. Ale powiadam wam: Odtąd ujrzycie Syna Człowieczego, siedzącego po prawicy Wszechmocnego, i nadchodzącego na obłokach niebieskich.“*
(Mt 26,63.64)

W odpowiedzi, manipulowany i podżegany przez przywódców religijnych tłum, żądał dla *Syna Bożego* śmierci na krzyżu. Wszystkie te cuda, które Jezus dotąd dokonał, jako znak Boga żywego, wydawały się nagle bez znaczenia.Jak poradziłby sobie z tym człowiek, gdyby Syn Boży dziś przybył? Dostrzegalnie! Dzisiaj w XXI wieku. Czy można to wytrzymać? Czy powstałby ten sam okrzyk: *„Na krzyż z Nim!“*

Taki człowiek należy do Krzyża! Śmierć Synowi Bożemu! Takiego króla nie chcemy! W pewnych okolicznościach będzie On dla nas rzeczywiście niebezpieczny; Przecież On sam powiedział, że wróci by być sędzią żywych i umarłych.

Taki człowiek musi odejść. Nie wystarczy, że będzie wyśmiewany albo bagatelizowany. Taki człowiek musi całkowicie zamilknąć. Tak, krzyż jest tym właściwym. Najbardziej haniebna ze wszystkich kar. To wystarczy. Tak się Go pozbędziemy. Poncjusz Piłat, namiestnik rzymskiego cesarza Tyberiusza w Judei, nie chciał ukrzyżowania Jezusa. Jednego z dwóch mógł ułaskawić: Jezusa albo Barabasza.

Lecz arcykapłani i starsi podburzyli lud i kiedy Piłat zapytał: *„Którego z tych dwóch chcecie, żebym wam uwolnił?"* Odpowiedzieli: *„Barabasza". Rzekł do nich Piłat: „Cóż więc mam uczynić z Jezusem, którego nazywają Mesjaszem?" Zawołali wszyscy: „Na krzyż z Nim" Namiestnik odpowiedział: „Cóż właściwie złego uczynił?" Lecz oni jeszcze głośniej krzyczeli: „Na krzyż z Nim!"* (Mt 27,21-23)

Na to Piłat, na oczach wszystkich umył ręce w misce z wodą, i powiedział: *„Nie jestem winny krwi tego Sprawiedliwego. To wasza rzecz" A cały lud zawołał: „Krew Jego na nas i na dzieci nasze" Wówczas uwolnił im Barabasza, a Jezusa kazał ubiczować i wydał na ukrzyżowanie.* (Mt 27,24-26)

Co za fatalne oświadczenie. W ciągu wieków Żydzi byli prześladowani, brutalnie torturowani, mordowani, aż do Holocaustu, w którym to naród żydowski miał być przez hitlerowców unicestwiony.

I do dziś nie zrozumieli, że Syn Boży został przez nich ukrzyżowany. Oni nadal czekają na Mesjasza. Ale pewnego dnia Bóg zdejmie klapki z ich oczu, a oni wszyscy zdadzą sobie sprawę, kogo ukrzyżowali.

Bóg sam będzie głosić całemu światu zwycięstwo nad jego ludem. *Raz na zawsze zniszczy śmierć. Wtedy Pan Bóg otrze łzy z każdego oblicza, odejmie hańbę od swego ludu na całej ziemi, bo Pan przyrzekł (Iz 25,8)*

Uwolniono Barabasza. Jezusa biczowano do ran na plecach i kazano mu nieść Jego krzyż. Na głowę włożono mu koronę cierniową. Następnie został ukrzyżowany. Był ośmieszany i wyszydzany. Również wówczas, gdy już wisiał na krzyżu. Razem z Nim ukrzyżowano dwóch morderców. Jednego po prawej i jednego po lewej Jego stronie. Ze zgryźliwym sarkazmem zapytał jeden z przestępców: *„Czy Ty nie jesteś Mesjaszem? Wybaw więc siebie i nas"* (Łk 23,39) Lecz drugi łotr, który również ukrzyżowany stał w obliczu śmierci, skarcił go: *„Ty nawet Boga się nie boisz, chociaż tę samą karę ponosisz? My przecież - sprawiedliwie, odbieramy bowiem słuszną karę za nasze uczynki, ale On nic złego nie uczynił". I dodał: „Jezu, wspomnij na mnie, gdy przyjdziesz do swego królestwa". Jezus mu odpowiedział: „Zaprawdę, powiadam ci: Dziś ze Mną będziesz w raju"* (Łk 23,40-43)

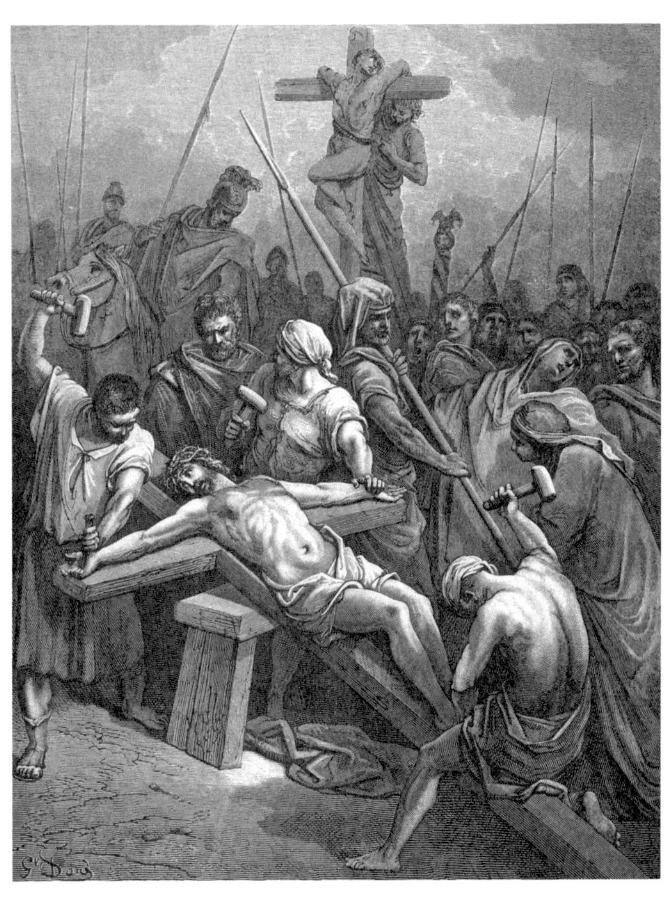

Temu przestępcy nie przysługiwała już żadna instytucja. Śmierć była pewna. Patrząc po ludzku nie było dla niego żadnej nadziei. A jednak: Jezus był w pobliżu. Istniała nadzieja! I ta nadzieja jest również dziś aktualna. Gdy brak czynów, słowa wystarczą, aby zasłużyć na zbawienie.

Łaskę zbawienia, życie ludzkie może osiągnąć za darmo i natychmiast. Ale Bóg chce być o to poproszony. Za prośbą podąża dar łaski, tak jak za łotrem na krzyżu. To leży w rękach każdego człowieka zdolnego do podejmowania decyzji, drwić z Syna Bożego, bluźnić o nim - albo prosić Go.

Tak długo, jak człowiek może oddychać, myśleć i czuć, nie jest za późno, aby prosić Boga o łaskę i miłosierdzie, o przebaczenie. Przez Jezusa Chrystusa, swojego syna, chce przebaczyć winy. Wszystkie winy! Nie ma znaczenia, co zostało w przeszłości zgromadzone. Nieważne, jaką winą obciążone jest aktualne życie.

Jezus był na krzyżu, aby wziąć na siebie grzech świata, a co za tym idzie, otworzyć drogę do Ojca. Jezus jest początkiem i końcem. On tym, którzy stali się wierzącymi ludźmi, wysyła od Ojca Ducha Świętego. W Synu Boga człowiek jest ocalony, dziś i jutro, i na wieki. Człowiek morze w to wierzyć. Wiara jest łaską. Tak oto przez wiarę jest się sprawiedliwym wobec Boga.

Nie przez dobre uczynki, ale tylko przez łaskę i wiarę w Syna Bożego. On odkupił winy. Przez krew, która na górze Kalwarii spływała po pniu krzyża. Człowiek może zdecyduje się na Jezusa Chrystusa. Jest to możliwe tylko w tym życiu.

Już jedną sekundę po śmierci będzie za późno. Wraz ze śmiercią, zmarnowana jest okazja wolnego i świadomego wyboru Syna Bożego. Dlatego też, ta decyzja jest tak ważna. Wolność wyboru, Bóg wkłada w dłoń człowieka, w jego życie. On czeka na TAK dla Swojego Syna. To daje wolność i życie w wieczności.

Tuż przed śmiercią, Jezus zawołał: *„Wykonało się!"* *(J 19,30)* Co dokonało się przez Niego? Winy tego świata, niewinny wziął na siebie, dla wszystkich ludzi. Dlatego Jezus musiał umrzeć na krzyżu.

W proroctwach Izajasza, który żył kilkaset lat przed ukrzyżowaniem Jezusa, to jest napisane: *Lecz On się obarczył naszym cierpieniem, On dźwigał nasze boleści, a myśmy Go za skazańca uznali, chłostanego przez Boga i zdeptanego. Lecz On był przebity za nasze grzechy, zdruzgotany za nasze winy. Spadła Nań chłosta zbawienna dla nas, a w Jego ranach jest nasze zdrowie (Iz 53,4.5)* W Jezusie Chrystusie zawarta jest nadzieja: przebaczenie grzechu i winy, uzdrowienie duszy i ciała.

W Jezusie Chrystusie nie ma żadnego potępienia. To jest Jego oferta. Nigdzie nie jest więcej. Poprzez doświadczenie bożej mocy, wzrasta zrozumienie tego, którego nie widzimy, a jednak możemy doświadczyć. Na pytania, *„Właściwie po co jestem na tym świecie? Skąd pochodzę i dokąd zmierzam?"*, są odpowiedzi, wpada światło do rozproszonych myśli, którymi ludzie mogli być zaniepokojeni. Życie otrzyma cel i sens. Orientacji, która manifestuje się w relacji ojciec-dziecko.

Można przez Jezusa Chrystusa podejmować Boga w swym życiu osobiście. *Wszystkim tym jednak, którzy Je przyjęli, dało moc, aby się stali dziećmi Bożymi, tym, którzy wierzą w imię Jego. (J 1,12)*

Człowiek nie żyje już na próżno albo samemu sobie. Jezus staje się celem. On staje się drogowskazem w tym życiu i po śmierci. A Bóg będzie towarzyszył człowiekowi, będzie z nim, a on będzie dzieckiem Bożym.

To może wydawać się sprzeczne, że Jezus dla tej możliwości musiał krwawić i umierać na krzyżu. Ale bez tej przez Boga złożonej ofiary, nie byłoby możliwe przebaczenie grzechu. Bóg zapłacił za to. Ponieważ człowiek nie mógł sam siebie odkupić, Bóg musiał stworzyć drogę, po której on wolny i bez winy może przejść przed oblicze Boga.

Dlatego więc potrzeba było Ofiary bez grzechu i winy: *JEZUSA!* Tylko do niego mogły być złożone grzechy świata. Za to umarł. *„Tak bowiem Bóg umiłował świat, że Syna swego Jednorodzonego dał, aby każdy, kto w Niego wierzy, nie zginął, ale miał życie wieczne." (J 3,16)*

Przez Jezusa Chrystusa, staje się możliwe, że Boży plan jest skuteczny w życiu człowieka. Nawet jeśli to życie dobiega końca. Boży Plan ma jeden cel: Zbawienia człowieka od wiecznego oddzielenia od Boga. Ten plan zbawczy jest ważny w każdym wieku, a ze strony Boga, zawsze jest wykonalny. Tak długo, jak człowiek oddycha, myśli, czuje a serce bije w jego klatce piersiowej, może on powierzyć swoje życie Jezusowi Chrystusowi.

Być może znajdą się ludzie, którzy powiedzą: Nie mogę w to tak wierzyć. Jezus? Nie, Jezus był dla mnie takim samym człowiekiem, jak każdy inny. Oczywiście, jeśli objawiłby mi się albo spotkał mnie osobiście, to być może bym uwierzył. Ale dzisiaj? Osobiste spotkanie z Bogiem w XXI wieku? To byłoby zbyt wielkie przeciążenie. Jakże byłoby to możliwe?

Tomasz jako uczeń Jezusa towarzyszył swemu panu przez trzy lata. Słowa Jezusa i wiele przez Niego sprawianych cudów nie wystarczyło, aby mógł uwierzyć w zmartwychwstanie Mistrza z martwych.

Dlatego powiedział: *„Jeżeli na rękach Jego nie zobaczę śladu gwoździ i nie włożę palca mego w miejsce gwoździ, i nie włożę ręki mojej do boku Jego, nie uwierzę.“* (J 20,25)

Osiem dni później Jezus ukazał się jemu i innym uczniom. Wezwał Tomasza: *„Podnieś tutaj swój palec i zobacz moje ręce. Podnieś rękę i włóż [ją] do mego boku, i nie bądź niedowiarkiem, lecz wierzącym!“* Tomasz Mu odpowiedział: *„Pan mój i Bóg mój!“* Powiedział mu Jezus: *„Uwierzyłeś dlatego, ponieważ Mnie ujrzałeś? Błogosławieni, którzy nie widzieli, a uwierzyli“* (J 20, 27-29) Wraz z tym, Tomasz dostał żywy dowód Boży. On go potrzebował. Chociaż jako uczeń Jezusa, był tak długo blisko Niego, jednak nie mógł uwierzyć bez tego namacalnego doświadczenia. By uwierzyć, potrzebował osobistego spotkania z Jezusem.

W tym tkwi nadzieja dla każdego człowieka. Niektórzy ludzie być może nigdy osobiście nie uwierzą w Boga żywego. Przeciwnie. Być może śmieją się i bluźnią ze wszystkiego, co ma do czynienia z aktywną wiarą w Jezusa Chrystusa.

Ale nawet Tych ludzi Jezus chciałby spotkać osobiście, przebaczyć im i ofiarować otwarte spojrzenie na Boga żywego i zmartwychwstałego.

Jezus chwyta wyciągniętą, szukającą pomocy i błagającą o przebaczenie rękę. On nie przyszedł na ten świat dla sprawiedliwych, ale dla grzeszników, by ich uratować.

Zrealizował to na Golgocie. Grzechy świata spoczęły na Tym, który jako niewinny musiał umrzeć na krzyżu. Za każdą osobę, która kiedykolwiek żyła na tym świecie, lub kiedykolwiek żyć będzie. Szatan i jego ciemne moce, albo też duchowni w Jerozolimie myśleli, że osiągnęli swój cel. Jednak to śmierć na krzyżu stała się zwycięstwem.

Winą, za którą bylibyśmy słusznie potępieni, Bóg obarczył Swego Syna, po to ażeby człowiek mógł żyć w pokoju z Bogiem i bliźnimi. Wszystko się dokonało przez Jezusa Chrystusa i Jego śmierć na krzyżu. Przebaczenie grzechu i winy, uzdrowienie duszy i ciała. Drzwi do Ojca w niebie są otwarte.

Przez samego Jezusa, możliwe jest, że Boży plan staje się rzeczywistością w życiu człowieka. A na to nigdy nie jest za późno. Człowiek zdolny do podejmowania decyzji, gdy Bóg do niego przychodzi, może tu i teraz powierzyć swoje życie Jezusowi. Nowy początek, który definitywnie zmieni jego życie.

Mimo, że arcykapłani i faryzeusze wierzyli, że wraz z ukrzyżowaniem *Jezusa Chrystusa* sprawa została załatwiona, nadal jednak pozostała resztka niepewności.

„Wykonało się!" *(J 19,30)*, takie było zawołanie ukrzyżowanego Chrystusa, gdy umierał na krzyżu. *A oto zasłona przybytku rozdarła się na dwoje z góry na dół; ziemia zadrżała i skały zaczęły pękać. Groby się otworzyły i wiele ciał Świętych, którzy umarli, powstało. I wyszedłszy z grobów po Jego zmartwychwstaniu, weszli oni do Miasta Świętego i ukazali się wielu. Setnik zaś i jego ludzie, którzy odbywali straż przy Jezusie, widząc trzęsienie ziemi i to, co się działo, zlękli się bardzo i mówili: „Prawdziwie, Ten był Synem Bożym!"*
(Mt 27,51-54)

Wydarzenia te nie były ukryte przez arcykapłanów i faryzeuszów. Właściwie wraz z ukrzyżowaniem chcieli położyć temu kres.

Ale teraz ich pewność siebie uległa zachwianiu. Dobrze pamiętali, co Jezus powiedział: *„Po trzech dniach powstanę"* *(Mt 27,63)*

Wtedy trzeba by się zabezpieczyć. Duchowi przywódcy działali bardzo sprytnie. Tak łatwo, nie damy się nabrać. Ze to było zmartwychwstanie. Być może, że przed nami toczy się swoista gra, odgrywana przez Jego uczniów. Wykradną ciało i po prostu powiedzą, że Jezus zmartwychwstał.

Będziemy temu przeciwdziałać! Duży kamień zamknie wejście do grobowca i go uszczelni, a żołnierze Piłata będą strzec grobu. To wystarczy. Ciało musi pozostać w komorze grobowej.

Jakie to wysiłki czyni człowiek, by zmartwychwstanie Jezusa zostało przeniesione do świata baśni? Jakimi argumentami się chroni? Trudno będzie, nie wierzyć; ponieważ Bóg chce spotkać każdego. On chce, by wszyscy ludzie zostali zbawieni. Wiara w Jezusa Chrystusa jako Zbawiciela i zmartwychwstałego ratuje. To otwiera drogę do Ojca. Ojciec i Syn są połączeni w nierozerwalną Jedność.

„Ojciec bowiem miłuje Syna i ukazuje Mu to wszystko, co On sam czyni, i jeszcze większe dzieła ukaże Mu, abyście się dziwili. Albowiem jak Ojciec wskrzesza umarłych i ożywia, tak również i Syn ożywia tych, których chce. Ojciec bowiem nie sądzi nikogo, lecz cały sąd przekazał Synowi, aby wszyscy oddawali cześć Synowi, tak jak oddają cześć Ojcu. Kto nie oddaje czci Synowi, nie oddaje czci Ojcu, który Go posłał. Zaprawdę, zaprawdę, powiadam wam: Kto słucha słowa mego i wierzy w Tego, który Mnie posłał,

ma życie wieczne i nie idzie na sąd, lecz ze śmierci przeszedł do życia." (J 5,20-24)

Również dziś te słowa są ważne dla każdego człowieka. Jest taka modlitwa, na którą Bóg zawsze odpowie: *„Panie Jezu, jeśli naprawdę istniejesz, jeśli żyjesz, wyjdź mi na przeciw, tak bym Cię rozpoznał i w Ciebie uwierzył!"* Jest to modlitwa sceptyków, krytyków, niewierzących. Ale ci ludzie są ciągle i na nowo poszukujący i pytający. Do takiej modlitwy potrzeba wielkiej odwagi i przekonania.

Jak powinno się modlić, gdy nie wierzymy, gdy jest tak wiele argumentów przeciwko? To kosztuje tak wiele, by się przedrzeć. Ale jest nadzieja nawet dla sceptyków i krytyków. Jeśli żałujemy i pytamy lub prosimy, wtedy otrzymamy odpowiedź.

Bóg sam przez swego Syna i działanie Ducha Świętego staje się odpowiedzią. Bóg staje się osobowy i wchodzi w życie człowieka. Pozostaje to w rękach ludzi, czy przyjmą tę odpowiedź czy ją odrzucą.

Odrzucony Bóg jest głęboko rozczarowany i zasmucony, ponieważ Stwórca kocha swoje stworzenie i chce z nim osobistej więzi. To jest jego problem. Dlatego oddał On Jezusa , swojego jedynego syna.

Przez Jezusa człowiek jest z Bogiem. Syn staje się mostem do Ojca. *„Wszystko, co Mi daje Ojciec, do Mnie przyjdzie, a tego, który do Mnie przychodzi, precz nie odrzucę.“* (J 6,37) Ale człowiek musi przyjść. Musi zdecydować. Nikt nie może zwolnić go z tej decyzji – nawet Bóg. Dla mordercy, który został ukrzyżowany wraz z Jezusem, decyzja ta zapadła w ostatniej chwili.

Jezus zabrał go ze sobą. W chwili, gdy ten człowiek umierał, otrzymał życie, które wystarcza na wieki. Słowa Jezusa, *„Zaprawdę, powiadam ci: Dziś ze Mną będziesz w raju.“* (Łk 23,43), były dla niego słowami nadziei i nowego początku.

Ten złoczyńca odnalazł życie gdy umierał. On wyprosił Boga o łaskę, która dla niego zadziałała ze skutkiem natychmiastowym. Krzyż nie był końcem, lecz początkiem.

Wiele osób było przez ukrzyżowanie Jezusa zupełnie zdezorientowanych. Pełni strachu i wątpliwości, widzieli w umieraniu i śmierci Jezusa coś absolutnego. Ostatni punkt: Wraz ze śmiercią wszystko się skończyło!

W czasie, kiedy Jezus sprawiał na ziemi znaki i cuda, Piotr był jednym z gorliwszych Jego uczniów. Po tym jak Jezus został pojmany i zaciągnięty przed Wysoką Radę, zaprzeczył w obecności innych ludzi, że kiedykolwiek należał do Jezusa.

Gdy po raz trzeci został uznany jako jeden z uczniów Jezusa, zareagował bardzo gwałtownie: *Lecz on począł się zaklinać i przysięgać: „znam tego człowieka, o którym mówicie". I w tej chwili kogut powtórnie zapiał. Wspomniał Piotr na słowa, które mu powiedział Jezus: „Pierwej, nim kogut dwa razy zapieje, trzy razy Mnie się wyprzesz". I wybuchnął płaczem* (Mk 14,71.72)

Piotr wyparł się swego Pana i Nauczyciela. Być może czuł się opuszczony przez Boga. Już nikt nie mógł stać u jego boku i mu pomóc. On pogrążył się w rozpaczy. Nie, już więcej nie chciał przyznawać się do Syna Bożego. Bał się. Obawiał się, że sam zostanie pojmany i skazany. *„Nie znam tego człowieka, o którym mówicie!"* (Mk 14,71)

A w tych chwilach nikt nie wołał do niego: „Piotrze! Piotrze! Jezus wciąż jest. On chce być z tobą w strachu i rozpaczy. W strachu przed ludźmi. On chce Cię nosić i wspierać, dla Ciebie cierpieć i umrzeć. On zmartwychwstanie i będzie żyć dla Ciebie, dzięki czemu ty uzyskasz życie - na całą wieczność. Dla Ciebie! Dla Ciebie!"

Nasza logika jest nie logiką Boga. Jego opieka, miłość i miłosierdzie, wykracza daleko poza Krzyż. *Chrystus bowiem umarł za nas, jako za grzeszników, w oznaczonym czasie, gdyśmy [jeszcze] byli bezsilni.*

A [nawet] za człowieka sprawiedliwego podejmuje się ktoś umrzeć tylko z największą trudnością. Chociaż może jeszcze za człowieka życzliwego odważyłby się ktoś ponieść śmierć. Bóg zaś okazuje nam swoją miłość [właśnie] przez to, że Chrystus umarł za nas, gdyśmy byli jeszcze grzesznikami. Tym bardziej więc będziemy przez Niego zachowani od karzącego gniewu, gdy teraz przez krew Jego zostaliśmy usprawiedliwieni. (Rz 5,6-9)

3.

WIELKANOC

W pierwszy dzień tygodnia poszły skoro świt do grobu, niosąc przygotowane wonności. Kamień od grobu zastały odsunięty. A skoro weszły, nie znalazły ciała Pana Jezusa. Gdy wobec tego były bezradne, nagle stanęło przed nimi dwóch mężczyzn w lśniących szatach. Przestraszone, pochyliły twarze ku ziemi, lecz tamci rzekli do nich: „Dlaczego szukacie żyjącego wśród umarłych? Nie ma Go tutaj; zmartwychwstał." (Łk 24,1-6)

Jezusa nie można już znaleźć wśród umarłych. Ludzie, którzy niegdyś stali blisko niego a w wielkanocny poranek tam Go szukali, otrzymali inną nowinę: *„On zmartwychwstał!"* Ta wiadomość przejawia w nich obawy i wątpliwości. Granica została pokonana. Jest to wręcz rewolucyjna wiadomość. Przechodzi to ludzkie myślenie i ludzkie doświadczenie. Logika ich wiary załamała się, mimo że byli świadkami cudów Jezusa.

Taka nowina nie była oczekiwana. Ona wchodzi w nieprzygotowane serce. Grób jest pusty i taki też pozostanie. Jezus zmartwychwstał. On już nie jest wśród umarłych.

Anioł Pański ogłasza to jednoznacznie.

W sercach kobiet zapanowały radość i strach. Bóg jest Bogiem żyjącym. Jezus Chrystus żyje.

Śmierć nie mogła Go zatrzymać. On zwyciężył śmierć. Dla wszystkich ludzi. On umarł za grzechy świata, aby zdobyć życie. *Gdzież jest, o śmierci twoje zwycięstwo? Gdzież jest, o śmierci, twój oścień? (1 Kor 15,55)*

Ta wiadomość została przekazana najpierw kobietom. One były pierwsze przy grobie. Troska o zmarłego, którego w poranek wielkanocny chciały namaścić, przekształcił się w szokujący, radosny i zaskakujący. Trudno w to uwierzyć. Czy Jezus nie powinien być martwy? Czy On zmartwychwstał?

Oczywiście, Pan sam powiedział, zanim z umarłych wskrzesił Łazarza: *„Ja jestem zmartwychwstaniem i życiem. Kto we Mnie wierzy, choćby i umarł, żyć będzie.“ (J 11,25)* Ale ile niewiary nadal rządzi ich sercami – nawet wtedy, gdy taka nowina bezpośrednio przenika ich uszy: *Jezus żyje!*

Czy można w to uwierzyć? Tak, jest to prawdopodobne. Tak długo dopóki Bóg osobiście nie spotka człowieka, przychodzi nam trudno, uwierzyć w zmartwychwstanie Jezusa Chrystusa.

Mimo smutku i łez, pomost do Boga nie mógł zostać odnaleziony. Bóg przez cały czas wydawał się nieosiągalny. On nie był Bogiem, który nieszczęśliwym przynosił dobrą wiadomość, tym który uzdrawia złamane serce albo może nawet uwolnić się od sił ciemności. Bóg zawsze był tylko wielkim słowem, ale nigdy nie dostrzegalną wielkością.

Ale na Wielkanoc, nowina jest zupełnie inna. Nie chodzi już o tego dalekiego Boga, który wydaje się tak nieosiągalny. Chodzi o Boga zmartwychwstałego. Jezus Chrystus żyje! On naprawdę zmartwychwstał. On chce być blisko ludzi zarówno w dobrych, jak i w złych dniach. Tak, jak po zmartwychwstaniu osobiście spotkał swoich uczniów i naśladowców, tak i dziś jest dla Niego możliwe, w cudowny sposób osobiście spotkać ludzi w dzisiejszym świecie. Tak, w tym tkwi nadzieja. Jezus Chrystus żyje!

Żołnierze, strzegący grobu, byli bardzo bliskimi świadkami zmartwychwstania Jezusa. Byli trafieni bezpośrednio tą siłą, która efektownie zadziałała w tym wydarzeniu: *A oto powstało wielkie trzęsienie ziemi. Albowiem anioł Pański zstąpił z nieba, podszedł, odsunął kamień i usiadł na nim. Postać jego jaśniała jak błyskawica, a szaty jego były białe jak śnieg. Ze strachu przed nim zadrżeli strażnicy i stali się jakby umarli. (Mt 28,2-4)*

Nawet dziś jest to w mocy Boga, właśnie przez tą samą siłę, tę która doprowadziła do zmartwychwstania, że ludzie będą jej poddani i padną jak martwi. Jednak oni nie są martwi. Duch Święty starał się tylko ukazać im siłę i wielkości rzeczywistego i doświadczalnego Boga. Bóg, który żyje w czasie i wieczności.

Apostoł Paweł był wedle żydowskiego prawa „studiującym teologiem". Zanim stał się Pawłem, nazywał się Szawłem. Jego jedynym celem było, z fanatyczną nienawiścią prześladować chrześcijan, aresztowania ich i doprowadzenia ich do ukarania. W tym czasie często osądzenie chrześcijan kończyło się, podobnie jak diakona Szczepana, śmiercią. *(patrz Dz 7,54-60)*

Szaweł był w drodze do Damaszku. *Gdy zbliżał się już w swojej podróży do Damaszku, olśniła go nagle światłość z nieba. A gdy upadł na ziemię, usłyszał głos, który mówił: „Szawle, Szawle, dlaczego Mnie prześladujesz?" „Kto jesteś, Panie?" - powiedział. A On: „Ja jestem Jezus, którego ty prześladujesz."* (Dz 9,3-5)

Poprzez to wydarzenie, Szaweł stał się Pawłem, wierzącym chrześcijaninem. Z prześladowcy stał się ofiarą prześladowań, ale także osobowością, która przez listy do wspólnot i podróże misyjne, aż do dziś szerzy chrześcijaństwo. Jak poradzili sobie żołnierze przy grobie Jezusa z „wydarzeniem zmartwychwstania"?

Teraz, byli z pewnością pod wielkim wrażeniem. *Gdy one były w drodze, niektórzy ze straży przyszli do miasta i powiadomili arcykapłanów o wszystkim, co zaszło. Ci zebrali się ze starszymi, a po naradzie dali żołnierzom sporo pieniędzy i rzekli: „Rozpowiadajcie tak: Jego uczniowie przyszli w nocy i wykradli Go, gdyśmy spali. A gdyby to doszło do uszu namiestnika, my z nim pomówimy i wybawimy was z kłopotu". Ci więc wzięli pieniądze i uczynili, jak ich pouczono. I tak rozniosła się ta pogłoska między Żydami i trwa aż do dnia dzisiejszego. (Mt 28,11-15)*

Jak często Bóg objawiał się człowiekowi już poprzez moc Ducha Świętego? Jak często przy tym, człowiek był w stanie odczuć miłość i miłosierdzie Boże? Niemniej jednak, nie doszło do osobistych decyzji by naśladować Jezusa Chrystusa. Bóg szanuje takie decyzje. On daje wolną przestrzeń, wolności, swobodę w podjęciu decyzji, za lub przeciw Jego Synowi.

Ludzie, którzy pilnowali grobu, a następnie udali się do arcykapłanów, zdecydowali się na „władzę". Właśnie tak człowiek również i dziś może się opowiedzieć, mimo głębokiego doświadczenia Boga, nadal nie zdecydują się, by osobiście naśladować Jezusa. Bóg nikogo nie zmusza, by w Niego wierzyć.

Ale jeśli człowiek chce, by moc i obecność Boga kształtowała i formowała jego życie, jeśli on chce, stać się nadzieją i zachętą dla innych, to lubi on naśladować Jezusa Chrystusa i pokładać ufność w moc Ducha Świętego. Tak może on stać się błogosławieństwem: dla swojej rodziny, dla sąsiadów, dla ludzi z kraju, w którym on żyje. Wydarzenie zmartwychwstania i działanie Ducha Świętego w czasie Wielkanocy są ze sobą nierozerwalne. Oba te fakty są bezpośrednio ze sobą powiązane .

Po zmartwychwstaniu było koniecznym, by Jezus osobiście ukazał się swoim uczniom: On szedł razem z nimi drogą. On rozmawiał z nimi i tłumaczył słowa Boże. On jadł i pił z nimi. On pokazał im swoje rany, i umocnił ich w sile, gdy tchną na nich i powiedział: *„Weźmijcie Ducha Świętego!"* *(J 20,22)*

Jezus Chrystus musiał swoich uczniów wciąż osobiście zachęcać do wiary. Czynił to w sposób ostrożny i różnorodny tak, że każdemu musiały otworzyć się oczy. Uczniowie byli szczęśliwi. Ich serca były tak ujęte, że wszędzie głosili, ich Pan zmartwychwstał, On żyje.

Jezus po raz pierwszy pojawił się *Marii Magdalenie, z której wyrzucił siedem złych duchów. Ona poszła i oznajmiła to tym, którzy byli z Nim, pogrążonym w smutku i płaczącym.*
(Mk 16,9.10)

To była *dobra nowina*, która wypełniła jej serce. Tym wydarzeniem musiała po prostu podzielić się dalej. *Ci jednak słysząc, że żyje i że ona Go widziała, nie chcieli wierzyć. (Mk 16,11)*

Często nie wystarcza, usłyszeć od kogoś wiadomość, że Jezus zmartwychwstał i żyje, że on napotykał różnych ludzi. Bóg jest Bogiem, który chce bezpośrednio spotkać każdego człowieka. Co najmniej dwa do trzech razy w życiu człowieka. Bezpośredniość spotkania z Bogiem najczęściej jest głębokim przeżyciem.

Dwóch uczniów, którzy byli w drodze do Emaus, spotkał On również osobiście. On im towarzyszył w drodze. Ale oni na początku Go nie poznali. Wiadomość: *„Jezus zmartwychwstał!“*, już wcześniej do nich dotarła. To wołanie nie przeniknęło w ich serca. *I zaczynając od Mojżesza poprzez wszystkich proroków wykładał im, co we wszystkich Pismach odnosiło się do Niego.*
(Łk 24,27)

Czyż nie bywa tak często w życiu człowieka, że Jezus, mimo iż jest już całkiem blisko, musi z ludźmi iść okrężną drogą, po to by być zrozumiałym i rozpoznanym? Często wymaga to jakiegoś znaku, aby wypełnić serce tą wiedzą. Razem z uczniami z Emaus, przebywał On również wieczorem. Usiadł z nimi przy stole, wziął chleb, pomodlił się, łamał i rozdawał im go.

Wtedy oczy im się otworzyły i poznali Go, lecz On zniknął im z oczu. (Łk 24,31)

Ci uczniowie wrócili do Jeruzalem, by opowiedzieć co spotkało ich w drodze. Ale również i inni nie pozostali bez doświadczenia zmartwychwstałego Pana.

Wołanie, *„Pan rzeczywiście zmartwychwstał i ukazał się Szymonowi."* *(Łk 24,34)*, było dobrą nowiną by odważyć się uwierzyć.

I jakże zaskakujące to było, że jego uczniowie nadal byli niepewni i wątpiący.

Jezus ma wielką cierpliwość, współczucie i życzliwość. W ten sposób objawia się ludziom. Zdarzają się również sytuacje, gdzie musiał On jasnym językiem zaistnieć w życiu swych uczniów. Zawsze wtedy gdy wybierają niedowierzanie zamiast wiary. Ale nawet wtedy wciąż jest nadzieja. Gdy jedenastu uczniów było razem i jedli, ukazał im się Jezus.

W końcu ukazał się samym Jedenastu, gdy siedzieli za stołem, i wyrzucał im brak wiary i upór, że nie wierzyli tym, którzy widzieli Go zmartwychwstałego. (Mk 16,14)

Bóg jest Bogiem osobowym, i martwi się on głównie o małą wiarę lub brak wiary tych, którzy należą do Niego i którzy chcą za Nim podążać. Jezus chce być z ludźmi, każdego dnia i stara się być rozpoznawalnym przez Jego różnorodne działania. Gdy Jezus wypędził złego ducha z chłopca chorego umysłowo, uczniowie Go zapytali: *„Dlaczego my nie mogliśmy go wypędzić?" „Z powodu małej wiary waszej.", odpowiedział Jezus. (Mt 17,19.20)*

W tym czasie, gdy Jezus zmartwychwstał, wiara jego uczniów wciąż przenikała pytaniami, wątpliwościami i niejasnościami. Jezus to wiedział. Dlatego ciągle osobiście się z nimi spotkał, by wzmocnić ich wiarę. Jeszcze pełnia Ducha Świętego od Ojca niebieskiego nie została wylana na następców Jego Syna. Jezus znał ten moment, w którym się to stanie. Nie uda się to dzięki mocy armii, ani przez ludzi władzy: *nie siła, nie moc, ale Duch mój [dokończy dzieła] - mówi Pan Zastępów. (Za 4,6),* już na kilkaset lat przed zmartwychwstaniem Jezusa, Bóg przepowiadał to do Żydów przez proroka Zachariasza.

Wiedząc to, Jezus za swojego życia na ziemi zawsze przygotowywał na to swoich uczniów. Obiecał im, że Bóg ześle im pomocnika i wspierającego. Przez wniebowstąpienie Jezus Syn Boży dziś nie jest dla ludzi fizycznie widoczny , ale przez działanie Ducha Świętego jest On osobiście i bezpośrednio odczuwalny na całym świecie.

Działalność Ducha Świętego była dla uczniów Jezusa wtedy i teraz absolutnie ważna. Kto chce podążać za Jezusem, otrzyma pomoc. Jezus powiedział: *„Jeżeli Mnie miłujecie, będziecie zachowywać moje przykazania. Ja zaś będę prosił Ojca, a innego Pocieszyciela da wam, aby z wami był na zawsze Ducha Prawdy,*

którego świat przyjąć nie może ponieważ Go nie widzi ani nie zna. Ale wy Go znacie, ponieważ u was przebywa i w was będzie. Nie zostawię was sierotami: Przyjdę do was Jeszcze chwila, a świat nie będzie już Mnie oglądał. Ale wy Mnie widzicie, ponieważ Ja żyję i wy żyć będziecie."
(J 14,15-19)

Bóg wie o słabości ludzi, by konsekwentnie podążać za Jego Synem. Ale on chce takich ludzi, którzy w każdej sytuacji życiowej wierzą w Jego syna a *dobrą nowinę* przekazują innym ludziom. Dlatego potrzebuje takich, którzy mu zaufają. On potrzebuje indiwiduum. On potrzebuje każdej jednostki.

Oczywiście nie jest ona lepsza niż pierwsi uczniowie. Oczywiście, że jest ona tak jak każdy inny człowiek najeżona błędami i wadami. Ale Bóg może i chce to zmienić. Chce wysłać pomoc. Swojego Ducha – Ducha Świętego. Teraz w dwudziestym pierwszym wieku. Dzisiaj! Duch Święty będzie pomagał i wspierał w przenoszeniu *dobrej nowiny* o Jezusie Chrystusie: Jest nadzieja. Jezus Chrystus żyje!

4.

WNIEBOWSTĄPIENIE

Zanim Jezus Chrystus został przez moc Ducha Świętego wzniesiony do nieba, dał On swoim uczniom bardzo wyraźne przykazanie: *„Idźcie na cały świat i głoście Ewangelię wszelkiemu stworzeniu! Kto uwierzy i przyjmie chrzest, będzie zbawiony; a kto nie uwierzy, będzie potępiony. "*
(Mk 16,15.16)

Jezus daje tym, którzy w Niego wierzą, jednoznaczne polecenie: *„Ewangelie"* – *„Radosną Nowinę"* – by oznajmić ją na całym Świecie. To zadanie dotyczy ludzi, którzy zaakceptowali Jezusa Chrystusa jako Pana i Zbawiciela i idą za Nim, obojętnie, w jakim miejscu na Ziemi się oni znajdują. Tam, gdzie oni idą lub stoją, powinni dalej przekazywać swym życiem, słowem i czynem, że jest nadzieja, że Jezus zmartwychwstał, że On żyje.

Na te *Radosną Nowinę* nikt nie jest za młody i nikt za stary. Ona obowiązywała nie tylko trochę ponad dwa tysiące lat temu. Ona obowiązuje nadal, bez zmian, po wszystkie czasy Ziemi. *Jezus Chrystus wczoraj i dziś, ten sam także na wieki. (Hbr 13,8)*

Teraz to, co człowiek opowiada o Jezusie Chrystusie, nie może pozostać tylko pustymi frazesami. Te słowa muszą być rozpoznawalne, czytelne w życiu człowieka. Tak więc zmiana w człowieku zaczyna się w pierwszej linii nie u innych, lecz będzie ona odczuwalna w życiu osobistym.

Odpuszczenie grzechów zaczyna się w naszym własnym życiu. *Jeśli mówimy, że nie mamy grzechu, to samych siebie oszukujemy i nie ma w nas prawdy Jeżeli wyznajemy nasze grzechy, [Bóg] jako wierny i sprawiedliwy odpuści je nam i oczyści nas z wszelkiej nieprawości. Jeśli mówimy, że nie zgrzeszyliśmy, czynimy Go kłamcą i nie ma w nas Jego nauki (1 J 1,8-10)*

Wraz z decyzją o naśladowaniu Jezusa Chrystusa, Bóg obiecuje odpuszczenie wszelkich grzechów. Proces oczyszczenia się z wszelkiej nieprawości będzie jednak dla każdej jednostki *procesem trwającym całe życie.*

Wewnętrzne oczyszczenie i uzdrowienie dokonuje się mocą Ducha Świętego. Ale nad tym procesem czuwa sam Bóg osobiście który, w imię Jezusa przyznaje wierzącym siłę.

Jezus przed jego wstąpieniem do nieba nie ukrywał, jakie skutki mocy, powinny być widoczne dla jego uczniów.

„w imię moje złe duchy będą wyrzucać, nowymi językami mówić będą; węże brać będą do rąk, i jeśliby co zatrutego wypili, nie będzie im szkodzić. Na chorych ręce kłaść będą, i ci odzyskają zdrowie" (Mk 16,17.18)

Ojciec chłopca chorego na padaczkę szukał pomocy u Jezusa. Jego cierpienie było wielkie. Moc, która zdominowała chłopca, sprawiała wciąż, że chłopiec upadał i snuł się po podłodze z pianą na ustach. Często wpadł do wody lub do ognia. Chłopiec nie mógł słyszeć ani mówić. Ojciec był zdesperowany i przyszedł do Jezusa. Mimo to, nie był pewien, czy Jezus w ogóle mógł mu pomóc. Dlatego też rzekł do Jezusa: *„Lecz jeśli coś możesz , zlituj się nad nami i pomóż nam!"* (Mk 9,22) W głębi jego serca nadal rządziło niedowierzanie. Tak naprawdę nie potrafił do końca zaufać Jezusowi, że On może uwolnić go od jego cierpienia. *Jezus mu odrzekł: „Jeśli możesz? Wszystko możliwe jest dla tego, kto wierzy". Natychmiast ojciec chłopca zawołał: „Wierzę, zaradź memu niedowiarstwu!"* (Mk 9,23.24)

Bóg zna niedowierzanie i wątpliwości ludzi. On o tym wie, i dlatego ciągle i na nowo troszczy się i zachęca do wiary w Jego Syna.

Kiedy Maryja dowiedziała się przez Anioła Pańskiego, że w jej łonie wzrastać będzie Syn Boży, w jej sercu były wątpliwości.

„Na to Maryja rzekła do anioła: „Jakże się to stanie, skoro nie znam męża?" Anioł Jej odpowiedział: „Duch Święty zstąpi na Ciebie i moc Najwyższego osłoni Cię. Dlatego też Święte, które się narodzi, będzie nazwane Synem Bożym" (Łk 1,34.35)

Bóg może dać człowiekowi zrozumienie wielu rzeczy w życiu i być odpowiedzią na wiele pytań, które go poruszają.

Tylko wtedy będzie możliwe, by podziękować Bogu za wydarzenia, które może komuś się nie podobały, których się nie życzyło. Człowiek wówczas rozpozna, że: *Dla Boga bowiem nie ma nic niemożliwego. (Łk 1,37)*

Nawet w potrzebie lub wątpliwości, pokój Boży może ująć i wypełnić ludzkie serce. Maryja odpowiedziała aniołowi. *„Oto Ja służebnica Pańska, niech Mi się stanie według twego słowa!" Wtedy odszedł od Niej anioł. (Łk 1,38)*

Bóg chce, by człowiek zatracił się w woli Jego dzieła, tak by mógł On, dzięki mocy Ducha Świętego realizować plan życia każdej osoby.

Po tym jak Jezus Chrystus jako zmartwychwstały i żywy, osobiście spotkał swoich uczniów, zwiększyła się liczba wierzących. Niektórzy nadal mają wątpliwości.

Przez co wątpliwości stają się silniejsze? Czy może Jezus nie jest potężnym Bogiem, tylko dlatego, że wisiał w słabości na krzyżu? Albo dlatego, że nie jest takim, jakim chciałoby się, by był? Tuż przed wniebowstąpieniem, Jezus ponownie wpłyną na stan serca tych, którzy chcieli pójść za Nim. *„Dana Mi jest wszelka władza w niebie i na ziemi.“ (Mt 28,18)* To mówi On nie tylko do swoich uczniów, ale również do wszystkich innych ludzi. On jest Tym, któremu muszą podlegać wszelkie moce i wszystkie siły, zarówno w niebie jak i na ziemi.

On chce być dla ludzi, którzy mu ufają jak przyjacielowi, bratu i ojcu. Chce dać bezpieczeństwo i wsparcie w życiowych burzach.

On liczy się z każdym człowiekiem. Nakaz misyjny, który dał swoim uczniom, jest skierowany również do wierzących dzisiaj: *„Idźcie więc i nauczajcie wszystkie narody, udzielając im chrztu w imię Ojca i Syna, i Ducha Świętego. Uczcie je zachowywać wszystko, co wam przykazałem. A oto Ja jestem z wami przez wszystkie dni, aż do skończenia świata.“* (Mt 28,19.20)

Ten świat przeminie, nawet ze wszystkimi jego dziełami, i on przemija już teraz. W procesie tym, człowiek człowiekowi jest wilkiem. Kto może odważyć się oskarżać Boga?

Pewnego dnia sam Bóg stanie się sędzią przez Jezusa Chrystusa. Człowiek będzie musiał milczeć, ponieważ nic, ale to nic nie będzie w stanie przedstawić na swoją obronę. Tylko krew Jezusa jest jedynym uniewinnieniem, tego który stanie przed Stwórcą nieba i ziemi. *Jeżeli zaś chodzimy w światłości, tak jak On sam trwa w światłości, wtedy mamy jedni z drugimi współuczestnictwo, a krew Jezusa, Syna Jego, oczyszcza nas z wszelkiego grzechu. (1 J 1,7)*

W tym tkwi nadzieja i miłość Boga do każdego człowieka. Jego miłość jest tu i teraz. Człowiek nie powinien uciekać od tej miłości. Wątpliwości i brak wiary osłabiają. Bóg jest dobry i zawsze na wiele sposobów chce spotkać się z każdym człowiekiem. Zarówno w radości jak i w smutku, Bóg jest blisko i bezpośrednio doświadczalny.

Życie naśladujące Jego Syna jest życiem po wsze czasy. Decyzja o przyjęciu Jezusa Chrystusa jest najlepszą decyzją, jaką człowiek może podjąć. Co inni w ogóle mogą o tym myśleć lub mówić. Zbawienie pochodzi od Zbawiciela, od Wybawcy Jezusa Chrystusa. Jemu jednemu należy oddać cześć przez wiarę i naśladownictwo.

Przed wniebowstąpieniem Jezusa, Piotra ogarnął pewien niepokój, którym podzielił się on ze Zmartwychwstałym. Chodziło o Jana, którego Jezus miłował.

Piotr zapytał swojego Mistrza: *„Panie, a co z tym będzie?" Odpowiedział mu Jezus: „Jeżeli chcę, aby pozostał, aż przyjdę, co tobie do tego? Ty pójdź za Mną!"* (J 21,21.22)

Chodzi o naśladowanie Jezusa. W tym momencie, każdy w życiu idzie swoją drogą. Nie stracić celu z oczu. Szukać do przodu. Tym celem jest Jezus Chrystus! *Ktokolwiek przykłada rękę do pługa, a wstecz się ogląda, nie nadaje się do królestwa Bożego.* (Łk 9,62)

Osiągnąć ten cel to podstawowy sens życia. Nie należy się bać, że się go przeoczy. Jezus Chrystus przez Ducha Świętego jest tym, kto sprawia i powoduje wiarę w człowieku.

On na co dzień jest blisko ludzi gotowy do pomocy i wsparcia. Tak Paweł pisze do chrześcijan w Filippi: *Mam właśnie ufność, że Ten, który zapoczątkował w was dobre dzieło, dokończy go do dnia Chrystusa Jezusa (Flp 1,6)*

Bóg przez znaki i działanie swej mocy potwierdza i wzmacnia życie chrześcijan. Znaki te będą *dobrą nowiną.* Twórca potrzebuje zaangażowania i wysiłków Jego stworzeń. On potrzebuje robotników na zbiorach.

Dlatego Jezus zachęcał swoich uczniów: „*Żniwo wprawdzie wielkie, ale robotników mało; proście więc Pana żniwa, żeby wyprawił robotników na swoje żniwo.*" *(Łk 10,2)* Po zmartwychwstaniu Jezus przez czterdzieści dni ukazuje się wśród uczniów *i mówił im o królestwie Bożym. (Dz 1,3)*

Otworzył im nie tylko oczy, ale także serca. Wiedział, że Jego następcom nadal brakuje mocy, więc nakazał im: „*A podczas wspólnego posiłku kazał im nie odchodzić z Jerozolimy, ale oczekiwać obietnicy Ojca:* „*Słyszeliście o niej ode Mnie - [mówił] - Jan chrzcił wodą, ale wy wkrótce zostaniecie ochrzczeni Duchem Świętym.*" *(Dz 1,4.5)* Jezus ogłosił im nowe, duże wydarzenie: *Chrzest przez Ducha Świętego!*

Jest wiele tego, czego uczniowie w tych dniach doświadczyli: Ukrzyżowanie Pana. Zmartwychwstanie Pana. A teraz nakaz Jezusa, czekać na chrzest przez Ducha Świętego. Jak powinno się temu wszystkiemu podołać? Jak radzić sobie z tą rzeczywistością Boga, która spadła tak niespodziewanie na uczniów?

Czy teraz bezsilność powinna zostać zastąpione przez siłę? Czy wiara nigdy więcej nie pęknie jak bańka mydlana? Czy naśladownictwo, które było bezsilne, teraz powinno zostać wzmocnione przez nadzieję, przez samego Boga?

Naszymi własnymi siłami nie będziemy w stanie naśladować Jezusa Chrystusa. Dlatego po raz kolejny ważne są jego słowa: *„ Gdy jednak przyjdzie Pocieszyciel, którego Ja wam poślę od Ojca, Duch Prawdy, który od Ojca pochodzi, On będzie świadczył o Mnie. Ale wy też świadczycie, bo jesteście ze Mną od początku. " (J 15,26.27)*

Bóg tych, którzy podążają za Nim, nie pozostawi samym sobie. Zawsze wtedy, gdy człowiek zwróci się do Niego, Jezus Chrystus przez Ducha Świętego stanie się żywą rzeczywistością w życiu tej osoby.

Jest to obietnica, którą dał sam Jezus Chrystus. Czy można przypominać Bogu o jego obietnicy? Czy można poprosić Go o wsparcie i pomoc od Ojca? O tak! On napełni proszących Jego Duchem Świętym! Bóg troszczy się o swoje dzieci. *Jeśli więc wy, choć źli jesteście, umiecie dawać dobre dary swoim dzieciom, o ileż bardziej Ojciec z nieba da Ducha Świętego tym, którzy Go proszą. (Łk 11,13)*

Dokładnie to jest możliwe również i dzisiaj. Można prosić Boga, a on w swej mądrości da nam, co nam pomoże. On dotrzymuje obietnicy. Jego siła jest nieprzebrana a w słabościach potężna. Ona niepostrzeżenie wniknie w życie człowieka i je zmieni. Przez Ducha Świętego Bóg będzie życiem człowieka wychwalać swojego Syna. Przez to człowiek stanie się znakiem Boga, żywym świadectwem Jego łaski.

Dlatego Jezus na krótko przed Jego wniebowstąpieniem przywołał swoich uczniów: *„gdy Duch Święty zstąpi na was, otrzymacie Jego moc i będziecie moimi świadkami w Jerozolimie i w całej Judei, i w Samarii, i aż po krańce ziemi". Po tych słowach uniósł się w ich obecności w górę i obłok zabrał Go im sprzed oczu. (Dz 1,8.9)*

5.

ZIELONE ŚWIĄTKI

Uczniowie wzięli poważnie rozkaz Jezusa, by oczekiwać obietnicy Ojca. Zebrali się w Jerozolimie z wieloma innymi wyznawcami Jezusa. Około stu dwudziestu osób. Również Maria, matka Jezusa, i jego bracia tam byli. Przebywali razem w modlitwie. W tych dniach, wybrali Macieja Apostoła, jak określało to Słowo Boże. On zajął miejsce Judasza, który zdradził Jezusa, a następnie powiesił się.

W dniu Pięćdziesiątnicy, pięćdziesiąt dni po Wielkanocy, wszyscy zebrali się ponownie. *Nagle dał się słyszeć z nieba szum, jakby uderzenie gwałtownego wiatru, i napełnił cały dom, w którym przebywali. Ukazały się im też języki jakby z ognia, które się rozdzieliły, i na każdym z nich spoczął jeden. I wszyscy zostali napełnieni Duchem Świętym, i zaczęli mówić obcymi językami, tak jak im Duch pozwalał mówić. (Dz 2,2-4)*

To była ta chwila, w której Bóg ofiarował im moc Ducha Świętego w pełnej mierze, i nią ich napełnił. Z pełną mocą, zaczęli nauczać. Wielu ludzi, którzy w tym czasie byli w Jerozolimie rozumiało ich. Cudzoziemcy tak samo jak i rodowici mieszkańcy.

Bóg dokonał przez Ducha Świętego, wielkiego cudu na uczniach. Ewangelia przeniknęła do słuchających.

Coraz więcej ludzi nawraca się do Jezusa Chrystusa, zostali ochrzczeni i napełnieni Duchem Świętym.

Podczas pięćdziesiątniczych kazań Piotra, było w ciągu jednego dnia, około trzech tysięcy ludzi. *Trwali oni w nauce Apostołów i we wspólnocie, w łamaniu chleba i w modlitwach. (Dz 2,42)*

Powstały pierwsze wspólnoty chrześcijańskie w Jerozolimie. Wspólnota Serca, niezachwianie związana przez wspólną wiarę w Jezusa Chrystusa.

Tworzyli także własność wspólnoty. Dzielili się wszystkim ze sobą i pomagali tym, którzy byli w potrzebie. *Codziennie trwali jednomyślnie w świątyni, a łamiąc chleb po domach, przyjmowali posiłek z radością i prostotą serca. Wielbili Boga, a cały lud odnosił się do nich życzliwie. Pan zaś przymnażał im codziennie tych, którzy dostępowali zbawienia. (Dz 2,46.47)*

Dzisiaj Kościół Jezusa nie jest już na początku chrześcijaństwa, lecz olbrzymimi krokami zbliża się do Powtórnego Przyjścia Jezusa.

Bóg sam zna czas i godzinę; *dlatego że wyznaczył dzień, w którym sprawiedliwie będzie sądzić świat przez Człowieka, którego na to przeznaczył, po uwierzytelnieniu Go wobec wszystkich przez wskrzeszenie Go z martwych. (Dz 17,31)*

Jezus Chrystus żyje i kocha grzesznika - ale nie grzech. On ma baczenie na zagubionych. Szuka wspólnoty, bez narzucania się. Chce być Odkupicielem, Zbawicielem, Panem, Ojcem i Przyjacielem. Teraz i jutro i na całą wieczność. Dlatego, *jest bowiem powiedziane: Dziś, jeśli głos Jego usłyszycie, nie zatwardzajcie serc waszych jak w buncie! (Hbr 3,15)* Szukający człowiek zawsze znajdzie przez Syna Bożego otwarte drzwi do naszego Ojca Niebieskiego.

Dziś jeszcze jest czas miłosierdzia. Bóg w dniu Pięćdziesiątnicy w potężny sposób wylał Ducha Świętego na wszystkie narody.

Młodzi ludzie, synowie i córki będą prorokować w imię Boga. Starcy będą śnili, a młodzieńcy będą mieli widzenia *(patrz dopisek Jl 3,1-5)*. Będzie to służyć wspólnocie i temu światu. Bóg uwielbiony przez nadprzyrodzone dzieła Jego Syna Jezusa Chrystusa. On zbawi wszystkich ludzi, którzy wzywają imię Jego Syna.

Idąc śladami Jezusa będą się w życiu człowieka rozwijać *dobre owoce* Ducha Świętego.

Aby one mogły się rozwinąć, każdy powinien sprawdzić, jak wygląda jego dotychczasowe życie i co je charakteryzuje. Bóg jest obecny. On może i chce wyzwolić i obdarzyć wewnętrznym uzdrowieniem.

Duch Święty jako wsparcie pomaga, oprzeć się *egoistycznym pragnieniom*. Człowiek uczy się: Nigdy nie jest sam. Jezus Chrystus walczy o niego.

Te *dobre owoce* w Biblii będą opisane jako: *miłość, radość, pokój, cierpliwość, uprzejmość, dobroć, wierność, (Ga 5,22).*

Ich przeciwieństwo stanowi *nierząd, nieczystość, wyuzdanie, uprawianie bałwochwalstwa, czary, nienawiść, spór, zawiść, wzburzenie, niewłaściwa pogoń za zaszczytami, niezgoda, rozłamy, zazdrość, pijaństwo, hulanki i tym podobne. Co do nich zapowiadam wam, jak to już zapowiedziałem: ci, którzy się takich rzeczy dopuszczają, królestwa Bożego nie odziedziczą"* (Ga 5,19-21)

Człowiek na tym świecie zawsze będzie miał trudny wybór między dobrem a złem; na razie siły zła panują nad widzialnymi i niewidzialnymi zdarzeniami na tym Kole Ziemi.

Ale człowiek, który stał się wierzącym w Jezusa Chrystusa, nauczy się, walczyć z siłami ciemności i je pokonywać. Bóg będzie z nim i będzie prowadził go do wszelkiej prawdy.

Przed człowiekiem jest życie tu na Ziemi, które otwiera się nad granicą śmierci do wieczności. Czy człowiek będzie w wiecznej wspólnocie z Bogiem, Ojcem, Synem i Duchem Świętym? Czy może będzie ten człowiek na wieki oddzielony od Boga? To jest przekleństwo!

Leży to w rękach każdej zdolnej do podejmowania decyzji osobowość człowieka, aby tu na Ziemi, zdecydować się za lub przeciw Bogu. On jest tylko modlitwą w oddali. Człowiek sam może określić swój własny los. Już dziś – z Tak lub Nie dla Syna Bożego!

6. MODLITWA LUDZI SZUKAJĄCYCH

Panie Jezu Chryste! Jeśli naprawdę istniejesz i chcesz okazać się mi jako mój Bóg i Stwórca, jako Bóg, który przebacza i radzi, to przyjdź teraz do mojego życia. Weź je w swoją dłoń.

Wybacz mi, że nigdy naprawdę w Ciebie nie wierzyłem. Wybacz mi proszę wszystkie moje winy!

Biblia, jak Słowo Boże, obiecuje,
że Ty wisząc na krzyżu wziąłeś wszystkie moje
winy na siebie i przebaczyłeś mi je,
te wczorajsze, te dzisiejsze
i jutrzejsze.
Za to chcę Ci podziękować!

Napełnij mnie proszę swoją obecnością
przez Ducha Świętego,
tak bym każdego dnia,
mógł doświadczać Twej obecności,
Twego wsparcia i Twej siły!
Dziękuję, że chcesz być ze mną
teraz i w wieczności!
Amen.

7. BÓG WSZECHMOGĄCY

Poprzez osobiste Ojcostwo
Bóg jest tym Bogiem wszechmogącym,
który posiada wszelką władzę i wszystkie rzeczy.

Ten, kto pozostaje w Jego cieniu,
ten ma ufność i nadzieję; gdyż
wierność i miłość Boża, każdego ranka jest nowa.

Wszechmogącemu należą się podziękowania;
bo to Bóg, który tam był,
który jest i który ma przyjść.

Powinienem być silny
w potędze Jego mocy.
Jego moc jest w słabościach potężna.

Wierzę, że Bóg Wszechmogący
również w moim osobistym życiu
jest potężnym i wszechmocnym.

On przejął władzę nad śmiercią
i dzięki Niemu żyć będę.

8. JEZUS NIE ŻYJE W NIENAWIŚCI

Nienawiść to przeciwieństwo miłości.
Ona działa katastrofalnie.
Ona czyni Cię chorym i niszczy Twoją duszę.
Nie ma znaczenia, przeciwko komu jest skierowana.
Czy to wobec ludzi w pobliżu, czy też ludzi w
oddali.

Nienawiść chce Ciebie i Twoje otoczenie zniszczyć.
Ona zacznie od Ciebie, i jak nowotwór postara się
rozprzestrzenić.

Nienawiść jest bezwzględna.
Nie zna litości, miłości,
ani przebaczenia.
Ona chce tylko zabijać, unicestwiać, niszczyć.

Nienawiści kieruje się przeciwko miłości.
Tam ,gdzie chcesz miłować bliźniego,
nienawiść, próbuje rozbić wszelkie mosty.
Nienawiść tworzy podziały. Diabeł nienawidzi
Boga.
Diabeł nienawidzi Ciebie, ponieważ jesteś
Stworzeniem Bożym.

Bóg kocha Ciebie! Nie poddawaj się; ponieważ w
Jezusie Chrystusie jest nadzieja!

9. PAN MÓJ I BÓG MÓJ

Historia tego świata
znajduje swoje centrum
w Jezusie Chrystusie!

Pochodzący od Boga,
jako Słowo Wcielone
żył wśród ludzi.
I On będzie rządził
na wieki wieków.

Bóg przekazał Mu wszelkie sądy,
A już sama wiara w Syna Bożego,
w działającą przez Niego łaskę,
dokonaną na krzyżu,
przeobraża winnego wobec Boga człowieka,
obciążonego grzechem,
w nieskazitelną, śnieżnobiałą niewinność.

To właśnie jest łaska, a nie zasługa,
że ktoś inny, a mianowicie Jezus Chrystus,
wziął na Siebie winę,
za sprawiedliwą karę,
która dla mnie była przewidziana.
On jest moim Panem i moim Bogiem!

10. PO DRUGIEJ STRONIE GRANICY

Po drugiej stronie granicy życie budzi się do życia.
Po drugiej stronie granicy będzie ze śmierci tylko
życie.
Czas się zatrzyma
a nadzieja i przyszłość
przejdą przez granicę.
Nigdy więcej łez ani bólu.
Cienie pozostaną,
i śmierć,
a radość ogarnie życie,
które nigdy nie przeminie.

11. PO TAMTEJ STRONIE ŚWIATA

Po tamtej stronie świata
zniknąłeś za drzwiami,
przeniknąłeś przez śmierć do życia,
nazwany zostaniesz przyjacielem i dzieckiem,
jest żywa nadzieja
jak woda
z niewyczerpalnego źródła,
potężny i mocny,
strumień wieczności
w czasie,
w którym nikt nie może cię zatrzymać,
ponieważ ktoś jest z tobą,
kto cię trzyma,
wszystkie dni
i ciebie kocha
bez końca.

12. OJCIEC, SYN I DUCH ŚWIĘTY

Ojciec, Syn i Duch Święty
Są nierozłączni.
Stworzenie Ziemi
i wszystkiego, co na niej żyje,
teraz i zawsze.

Krzyż Chrystusa,
cierpienie i śmierć Jezusa,
Jego krew, którą za Ciebie
i za mnie wylał,
o przebaczenie
wszystkich grzechów i win,
jako pomost do Ojca,
bezwarunkowo zgodził się
być ukrzyżowanym,
co pozwoliło na przywrócenie
pokoju z Bogiem.

Pomocnik i pocieszyciel,
siła wszystkich tych,
którzy wierzą
w imię Jego
Jednorodzonego Syna,

otrzymany przez łaskę
Duch z wysokości
z całą pewnością
do życia wiecznego;
ponieważ Jezus Chrystus żyje
po prawicy Ojca
w niebie i na ziemi.

I powtórnie przyjdzie
w mocy
Ducha Świętego
dla każdego widzialny
jako Sędzia i Zbawiciel!

13. CO POZOSTAJE?

Bóg jest miłością:
kto trwa w miłości, trwa w Bogu,
a Bóg trwa w nim.

(1 J 4,16)

Patrząc na zwycięstwa życia,
na końcu pozostaje tylko miłość,
ta otrzymana i podarowana,
która ani serca, ani duszy nie rani.

Heinz Pahl

14. APOSTOLSKIE WYZNANIE WIARY

Wierzę w Boga Ojca Wszechmogącego,
Stworzyciela nieba i ziemi,

i w Jezusa Chrystusa,
Syna Jego Jedynego,
Pana naszego,
który się począł z Ducha Świętego.
Narodził się z Marii Panny,
umęczon pod Ponckim Piłatem,
ukrzyżowan, umarł i, pogrzebion,
zstąpił do piekieł,
trzeciego dnia zmartwychwstał,
wstąpił na niebiosa,
siedzi po prawicy Boga Ojca Wszechmogącego,
stamtąd przyjdzie sądzić żywych i umarłych.

Wierzę w Ducha Świętego,
święty Kościół powszechny,
Świętych obcowanie
grzechów odpuszczenie,
ciała zmartwychwstanie,
żywot wieczny.
Amen

Z: KKK (Katechizm Kościoła Katolickiego – w pytaniach i odpowiedziach) wyd. Jedność Kielce 1994 Rozdz.3 pkt. 14 z włoskiego przełożył ks. Henryk Witczak

15. NICEJSKO-KONSTANTYNOPOLITAŃSKIE WYZNANIE WIARY

Wierzę w jednego Boga,
Ojca Wszechmogącego,
Stworzyciela nieba i ziemi,
wszystkich rzeczy widzialnych i niewidzialnych.

I w jednego Pana Jezusa Chrystusa,
Syna Bożego Jednorodzonego,
który z Ojca jest zrodzony przed wszystkimi
wiekami,
Bóg z Boga,
Światłość ze Światłości,
Bóg prawdziwy z Boga prawdziwego.
Zrodzony a nie stworzony,
współistotny Ojcu,
a przez Niego wszystko się stało.
On to dla nas ludzi i dla naszego zbawienia
 zstąpił z nieba.
I za sprawą Ducha Świętego
przyjął ciało z Maryi Dziewicy i stał się
człowiekiem.
Ukrzyżowany również za nas,
pod Poncjuszem Piłatem został umęczony i
pogrzebany.
I zmartwychwstał dnia trzeciego,
jak oznajmia Pismo.
I wstąpił do nieba, siedzi po prawicy Ojca.
I powtórnie przyjdzie w chwale, sądzić żywych i
umarłych,
a Królestwu Jego nie będzie końca

Wierzę w Ducha Świętego, Pana i Ożywiciela,
który od Ojca i Syna pochodzi,
który z Ojcem i z Synem wspólnie odbiera
uwielbienie i chwałę,
który mówił przez proroków.
Wierzę w jeden, święty, powszechny i apostolski
Kościół.
Wyznaję jeden Chrzest na odpuszczenie grzechów.
I oczekuję wskrzeszenia umarłych
i życia wiecznego w przyszłym świecie.
Amen.

z: *Śpiewnik Ewangelicki*. Bielsko-Biała: Wydawnictwo Augustana, 2002. ISBN 83-88941-19-4, s. 1630-1631 [Nicejsko-konstantynopolitańskie Wyznanie Wiary].
BF 35-36 - '*Breviarium Fidei. Wybór doktrynalnych wypowiedzi Kościoła*. I. Bokwa (red.). Poznań: Wydawnictwo św. Wojciecha, 2007, s. 40.

16. SKRÓTY KSIĄG BIBLIJNYCH

Iż – Księga Izajasza
Jl – Księga Joela
Ga – List do Galatów
Za – Księga Zachariasza
Mt – Ewangelia wg św. Mateusza
Mk – Ewangelia wg św. Marka
Łk – Ewangelia wg św. Łukasza
J – Ewangelia wg św. Jana
Dz – Dzieje Apostolskie
Rz – List do Rzymian
1 Kor – 1 List do Koryntian
Flp – List do Filipian
Hbr – List do Hebrajczyków
1 J – 1 List św. Jana

Dopisek:
Byłoby dobrze, by te zawarte w lekturze teksty biblijne, przeczytać również w całości.

17. BIOGRAFIA

Heinz Pahl urodził się w 1946 roku w Rendsburgu. Po ukończeniu szkoły praktykował jako murarz. Następne jako żołnierz i oficer, pozostał osiem lat w wojsku. W tym czasie ożenił się i mieszkał z rodziną w Monachium.

W Kolonii studiował kształcenie specjalne i pracował jako nauczyciel. W międzyczasie przeniósł się z rodziną do Danii, by tu przez dwa lata uczestniczyć w wykładach „International Apostolic Bible College". Heinz Pahl należy do mniejszości duńskiej w Szlezwiku-Holsztynie, a obecnie mieszka w Dolnej Saksonii.